Par Fuzelier, d'après Goiset.

ARLEQUIN ENÉE

OU

LA PRISE DE TROYES.

COMEDIE.

En trois Actes & un Prologue executée pour la premiere fois par les Pantomimes du grand jeu du Préau de la Foire de S. Laurent le 25. Juillet 1711.

Le prix est de huit sols.

AVERTISSEMENT.

LE Public ne doit pas s'arrêter scrupuleusement à suivre toûjours l'ordre des Scenes qu'on luy donne icy, Messieurs Allard & la Lauze qu'un caprice heureux conduit par le goût engage souvent à les varier, empêchent cette exactitude & en dédommagent bien. On ne peut que tracer un crayon des lazzi plaisans & des jeux comiques, que leur fournit une piece qu'ils perfectionnent en l'executant. On les a forcez de faire revivre une sorte de Comedie, qui fut les délices des Grecs & des Romains, & qui fait aujourd'huy l'amusement de Paris; nôtre siecle qui ressemble si bien à celuy d'Auguste, n'a pas manqué d'adopter les Pantomimes. Ils doivent s'efforcer de meriter & d'augmenter des suffrages qui leur sont encore si fortement disputez.

On n'a pû inserer dans la Piece, tous les Vaudevilles qui s'y chantent, quelques-uns étant faits depuis l'impression : mais il n'en manque aucun de ceux qui sont necessaires pour l'intelligence du sujet.

ARLEQUIN ENE'E.

PROLOGUE.

E Théatre represente la Salle du conseil des Dieux ; c'est-là qu'ils doivent se rendre pour decider de la fortune de Priam ; & pour terminer enfin le long siege de la Ville de Troye. Aprés l'ouverture on presente cet écriteau sur l'air de Joconde.

Les Dieux vont regler le destin
De la superbe Troye,
Tous ses beaux meubles de satin,
Des Grecs seront la proye.
Si pour vanger chaque cocu
On perdoit une Ville,
Bien-tôt le Bourgeois éperdu
N'auroit aucun azile.

SCENE I.

GAnimede & Hebé tenant chacun un balay viennent préparer la Salle ; tandis qu'ils s'acquittent de leur employ. Momus survient en dansant.

SCENE II.

MOmus voyant Hebé s'approche d'elle & la cajolle, pour en tirer une bouteille de Nectar ; mais la jeune Déesse luy fait signe qu'elle n'a plus les clefs de la cave celeste, & que Jupiter les a confiées à Ganimede, en luy donnant la commission de verser à boire à la table des Dieux. Momus quitte aussi-tôt Hebé pour faire sa cour à Ganimede, qui pour se débarasser de ses importunitez, luy donne une caraffe de Nectar. On presente cet écriteau sur l'air : *Tu croyois en aimant Colette.*

On ne fait guere un tendre esclave
D'un alteré, constant bûveur ;
Si l'on n'a la clef de la cave,
On n'a point celle de son cœur.

Ganimede & Hebé achevent de nettoyer la Salle, Momus entame la bouteille, & les Dieux arrivent.

SCENE III.

APollon paroît le premier joüant du violon, il porte une couronne de laurier, pour montrer qu'il est le Dieu de la Poësie; une ſeringue penduë à ſa ceinture marque qu'il eſt Dieu de la Medecine.

Mars repreſenté par Gilles l'oncle bat le tambour & eſt tout couvert d'épées & de piſtolets.

Venus le ſuit repreſentée par Gilles le Neveu. La Déeſſe tient l'Amour entre ſes bras; le Dieu des cœurs eſt chargé d'une hotte à porter de l'argent, qui luy ſert de carquois. Les bords de cette hotte ſont entourés d'un cordon de cervelats entremêlez de bouteilles d'ozier.

Saturne eſt en habit noir & en rabat, il tient une faux d'une main & un horloge de ſable de l'autre. Junon marche ſur ſes pas habillée en Prude, conduite par Cibelle habillée en Dame Gigogne.

Mercure vétu en Cavalier & couvert d'une robe d'Avocat retrouſſée, eſt armé d'une paire de cizeaux & chargé d'un gros paquet de billets doux.

SCENE IV.

On entend braire des Aſnes & crier des Coucous. Cette muſique annonce la deſcente de Silene vétu en pere Nouricier, & de Vulcain vétu en Forgeron & orné d'un bois de Cerf ſur la tête. Silene eſt ſur ſon Aſne, &

Vulcain monte un gros Colimaçon, qui presente de longues cornes. Ces Dieux se rangent avec les autres selon les ordres de Momus, qui fait la fonction de Maître des Cérémonies. A mesure que les Dieux arrivent, il leur offre un coup de sa bouteille de Nectar, & dès qu'ils tendent la main pour prendre le verre, Momus avale promptement la liqueur.

SCENE V.

LE bruit du Tonnerre annonce l'approche de Jupiter : La gloire s'ouvre, & le Maître du monde paroît dans un char brillant accompagné de Neptune & de Pluton. Jupiter a une longue barbe noire, Neptune une bleuë, & Pluton une rouge.

Jupiter s'apprétant à parler tous les Dieux & Déesses, l'interrompent par un murmure confus accompagné de gestes menaçans, qu'ils se font les uns aux autres; Momus court de tous côtez pour les faire taire. Enfin, Jupiter fait une harangue de mines, & tous les Dieux applaudissent & frapent des mains. Vulcain opine le premier contre Troye, & presente cet écriteau sur l'air.

VULCAIN.

Que par la flâme inhumaine
Illion soit ravagé;
Vangez de l'époux d'Helene
Le front un peu trop chargé.
Ses innombrables Confreres
Par moy vous font leurs prieres,
Jupin s'ils s'assembloient tous,
Où les recevriez-vous?

Venus prend le parti des Troyens, & Momus s'adressant à tous les Dieux presente cet écriteau sur l'air: *Amis sans regtetter Paris.*

MOMUS.

Menelas qui plaide à grands frais,
Veut mettre Troye en flâme.
Faites luy perdre son Procès
Dieux, rendez-luy sa femme.

Jupiter va aux opinions, la dispute s'émeut & s'échauffe entre les Dieux, & ils se battent avec tant d'opiniâtreté, qu'ils se dès-habillent les uns les autres. Momus frape également ſur les deux Partis & ſur Jupiter luy-même, les railleurs n'épargnent perſonne. Mercure ſe mêlant dans la preſſe vole les Dieux & les Déeſſes, & Apollon pour rafraîchir leur ardeur guerriere, les arroſe avec ſa ſeringue. Le hanniſſement d'une Mule leur annonce l'arrivée du Deſtin, & la précipitation avec laquelle ils ſe rajuſtent pour le recevoir leur cauſant de plaiſantes mépriſes, Venus ſe ſaiſit de la couronne de Jupiter, Jupiter de la commode de Venus; l'Amour met la coëffure antique de Cibelle, & Mars ſe couvre du bonnet cornu de Vulcain.

SCENE VI.

LEs Dieux reprennent leurs places; le Deſtin vétu en Medecin & monté ſur une Mule, conduite par deux Heures (l'une eſt l'Heure du Berger, & l'autre l'Heure de la Mort) vient prononcer ſon Arreſt contre l'Empire de Priam par cet écriteau ſur l'air : *Réveillez-vous belle endormie.*

Que l'époux d'Helene ſe vange,
C'eſt la Sentence du Deſtin :
Jamais le ſort d'avis ne change
De même qu'un vieux Medecin.

SCENE VII.

LE Destin s'en retourne, Jupiter le reconduit, & les Dieux du parti des Grecs se mettent à rire, & ceux du parti de Troye à pleurer. Momus les contrefait alternativement.

SCENE VIII.

LEs Dieux amis des Grecs forment des danses.

ACTE I.

LE Théatre represente la Ville de Troye couverte des ténébres de la nuit. On voit sur le devant un grand Asne caparaçonné, representant le fameux Cheval de bois inventé par Ulisse. On entend rire & chanter les Grecs enfermez dans le ventre de l'Asne. Ecriteau pour l'Asne : sur l'air.

De ce Coursier de Silene
Admirez le beau destin,
Il va du galand d'Hélene
Punir l'amour libertin ;
Par luy la superbe Troye
Va des Grecs estre la proye ;
Ainsi souvent des Baudets
Sont l'ame des grands projets.

SCENE I.

UN Oublieux & un Vendeur d'eau-de-vie passent devant l'Asne ; Pierrot Grec enfermé les appelle. Ces deux Marchands nocturnes accourent, se rencontrent, querellent & se battent, après avoir rangé leur corbillon & leur boutique à l'eau-de-vie près de l'Asne : Pierrot prend la boutique & le corbillon & se renferme dans l'Asne, ce qui surprend fort l'Oublieux & le Vendeur d'eau-de-vie, quand ils s'apperçoivent de l'enlevement de leurs marchandises.

SCENE II.

UN Soldat Troyen Rodomont fait des lazzi l'épée à la main. Les Grecs enfermez rient de ses fanfaronades, il est épouvanté : & cependant malgré sa peur, il continuë son rôle de Capitan & monte sur l'Asne : Pierrot sort à demi par le derriere de l'Asne, & luy donne une volée de coups de bâton sur les épaules : Cette Scene est une parodie comique de l'aventure de Lacoon.

SCENE III.

ENée revenant de la Guinguette avec sa femme Creuse, son vieux pere Anchise & Ascagne son fils, que sa Nourrice conduit par la liziere s'arrête devant l'Asne. Il exprime par des lazzi plaisans la joye qu'il a de la retraite de l'armée d'Agamemnon, & prend dans un panier que porte un Valet où sont les restes d'un souper, une poularde & une bouteille de vin qu'il presente successivement à l'Asne. Pierrot Grec enfermé passe sa main par le gosier de l'Asne, & saisit la bouteille & la poularde. Enée effrayé ne ſe raſſure que par l'arrivée des Bergers & Bergeres qui viennent danſer aux flambeaux autour de l'Aſne.

SCENE IV.

LEs Bergers & Bergeres du Mont Ida, ſe raſſemblent & témoignent leur joye par des danſes. L'Aſne fait une groſſe petarade qui les épouvante & les met tous en fuite.

SCENE V.

SCaramouche Sinon s'approche tenant une groſſe ſeringue & une lanterne qu'il poſe à terre; il carreſſe l'Aſne, & après quelques lazzi luy donne un cliſtere, pour luy faire rendre ce qu'il a dans le corps; l'Aſne après quelques petarades forcé par la décoction vuide les Grecs par le fondement. Il mettent l'épée à la main, Sinon leur diſtribuë des bouchons de paille qu'ils allument; enſuite ils courent ravager & brûler la Ville de Troye. On preſente cet Ecriteau: Sur l'air, *la Beauté la plus ſevere*.

Cruels ennemis de Troye
Qui l'allez remplir d'horreurs,
Malgré-vous la douce joye
Va regner parmi les pleurs :
Grecs dont les armes peu neuves
Vous servent depuis dix ans,
Puisque vous ferez des veuves
Vous ferez des cœurs contens.

ACTE II.

LE Theatre represente encore la Ville de Troye. Le feu sort par les cheminées ; on entend sonner le tocsin & un grand bruit de tambours & de fiffres.

SCENE I.

QUelques Dieux du parti des Grecs descendent des Cieux conduits par Vulcain : ils sont enfermez dans deux grosses lanternes, dont ils sortent portant des flambeaux, des bougies & des lampes.

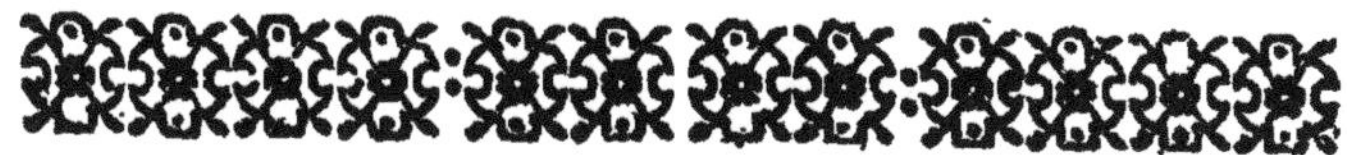

SCENE II.

LEs Dieux amis des Troyens viennent combattre les protecteurs des Grecs ; le fleuve Scamandre paroît à la tête d'un Batail-lon de Porteurs-d'Eau : Venus & les Graces se joignent à luy tenant de petites aiguieres de toilette pleines d'eau. Ces Dieux ennemis se battent ; Mars & Venus se signalent par l'acharnement qu'ils ont l'un contre l'autre.

SCENE III.

LEs Grecs pillent la Ville de Troye & rassemblent leur butin. Ecriteau pour cette Scene : sur l'air, *Mon mari est à la Taverne.*

Preneurs de Villes, Gent funeste
Qui démenagez l'Habitant,
Vous n'avez jamais que le reste
Du Procureur & du Traitant,
Ils vous laissent peu de quoy frire,
Ta la lerita, &c.

SCENE IV.

ENée déguiſé en Mitron chargé d'une grande hotte de Boulanger, où eſt ſon pere Anchiſe en camiſole & en bonnet de nuit, ſe ſauve de ſa maiſon en pleurant, il embraſſe ſes Dieux Penates d'une main & tient ſon mouchoir de l'autre; ſon fils Aſcagne marche à côté de luy, ſuivi de Creuſe qui le mene par la liziere. Aſcagne porte ſa poupée & Creuſe un petit chien; ils crient tous ſur differens tons. Un jeune Grec lorgne Creuſe qui luy répond par des mines, & s'enfuit avec luy; Enée ſe retourne, & n'appercevant plus ſa femme, il fait de grands éclats de rire; ſon pere Anchiſe en eſt ſcandaliſé, & luy donne un ſoufflet, Enée le rend à ſon fils Aſcagne, & Aſcagne le rend à ſa Poupée; ils ſe remettent tous à pleurer, & s'en vont.

SCENE V.

LEs Grecs au ſon du tambour & des trompettes emmenent les captifs & le butin de la Ville de Troye. Cette ſcene eſt pleine de lazzi qui expriment l'inſolence du vainqueur

& la tristesse des vaincus. Un jaloux suit sa femme en pleurant. On presente cet Ecriteau, sur l'air : *Réveillez-vous belle endormie.*

Quand une Ville est au pillage,
Tremblez jaloux, sots geoliers :
Vos femmes sortent d'esclavage
Et vous devenez prisonniers.

Quelques Grecs caressent la femme de ce jaloux, & on montre cet Ecriteau, sur l'air : *Les oiseaux vivent sans contrainte, &c.*

Les guerriers vivent sans contrainte,
Et coëffent sans crainte
Maris jaloux :
Tout leur plaît, veuve, femme & fille,
Tout leur duit, faveurs & bijoux ;
Il n'est rien que leur main ne pille,
En amour ils sont tous
D'effrontez filous.

Danse des Grecs, qui interrompt les Ecriteaux. Ecriteau sur l'air : *Tu croyois en aimant Colette.*

Au sac d'une Ville tremblante,
Le Vainqueur qui se met à bien,
Brûle moins de bois qu'il n'en plante,
Et lesv aincus n'y perdent rien.

ACTE III.

LE Theatre represente une Isle où Enée s'est retiré avec sa famille, on voit une flotte dans l'éloignement.

SCENE I.

LA Ferme s'ouvre, on apperçoit Enée, Anchise & Ascagne couchez sur des bottes de paille, & ronflans sur des tons comiques.

SCENE II.

VEnus descend des Cieux dans son char traîné par des Pigeons, l'Amour en est le Cocher, & il porte un grand foüet. Ecriteau pour la descente de Venus : sur l'air de *Joconde*.

Venus pour le bien de son fils
Descend sur ce rivage ;
Nul ne prospere en son païs :
Elle veut qu'il voyage :
Chemin faisant galand sera
De veuve jeune & belle ;
Et puis époux on le fera
De gentille pucelle.

La suite de Venus danse, tandis que le char de la Déesse descend très-lentement. Quand les danses sont finies, l'Amour éveille Enée, Anchise & Ascagne à grands coups de foüet, ils se levent brusquement ; Venus declare à Enée la volonté de Jupiter, & luy ordonne de s'embarquer pour l'Italie où il doit fonder un puissant Empire. On presente cet Ecriteau, sur l'air : *Allons gay en batteau à Chaillot.*

Enée en Italie
Conduit par les destins,
Va fonder la patrie
De tous les Arlequins,
Allons gay en batteau, en vaisseau,
A Carthage, à Chaillot,
Talerilerilera la la lire, &c.

Enée, Anchise & Ascagne remercient Venus qui remonte dans les Cieux ; Enée fait battre la caisse pour assembler les Troyens, & sort pour préparer sa valise. Anchise reste pour examiner les sujets qui se presentent pour suivre son fils en Italie.

SCENE III.

UN Medecin avance le premier, il est reçû par Anchise ; & on déploye cet Ecriteau, sur l'air : *Réveillez-vous belle endormie.*

Puisque vous allez gent Troyenne
Guerroyer au païs Latin,
Pour porter une mort certaine,
Munissez-vous d'un Medecin.

SCENE IV.

UNe troupe d'Intendans & de Procureurs vient offrir ses services à Anchise, qui les accepte en souriant. Ecriteau sur l'air : *Réveillez-vous belle endormie.*

Troyens loin de livrer cent guerres
A mille Italiques Seigneurs :
Menez pour conquerir leurs terres
Force Intendans & Procureurs.

SCENE V.

DEs Matelots choiſis par Anchiſe forment une Fête Marine entremêlée de chant & de danſes.

Premier Ecriteau ſur l'air : *S. is complaiſant, affable.*

Un imprudent qu'aveugle amour engage,
Peut ſe livrer aux flots du mariage;
Mais
S'il entre au port du veuvage,
Il n'en veut ſortir jamais.

Deuxiéme Ecriteau, ſur le même air.

Vaiſſeau galand conduit avec ſcience;
Arrive au cap dit de bonne Eſperance;
Mais
S'il n'eſt leſté de finance
Il ne le double jamais.

SCENE VI.

UN *Romain* vient se presenter à Anchise qui le fait déclamer devant luy. Tandis qu'il jouë un rôle fier & emporté, *le Poëte Farinatides* approche tenant des vers qu'il lit à la suite d'Anchise & critiquant ceux que recite le Romaiu; le Romain interrompu traite *Farinatides* d'ignorant témeraire. On déploye et Ecriteau, sur l'air : *Belle brune, belle brune.*

Quelle audace! quelle audace!
Romain tu veux corriger
Le Correcteur du Parnasse,
Quelle audace! quelle audace!

Farinatides outré des invectives du Romain imite pourtant le fameux Scipion, & ne se justifie qu'en faisant le recit de ses Oeuvres, on presente cette Liste.

CATALOGUE des Oeuvres du Poëte Farinatides.

R*Ichard sans Peur, Tragedie.*
Fortunatus, Tragedie.

Lettres heroïcomiques & critiques.
Suite de l'Amour Diable.
Suite des Amans ridicules & de cent autrès Pieces tant ſuivies que non ſuivies.

Le Romain ſe mocque des Ouvrages de *Farinatides*, qui luy répond enfin par des injures ; les plus grands honneurs s'oublient quelquefois : mais cataſtrophe inouie ! le Romain ſe livrant à toute la hauteur du Prince qu'il repreſente Colaphiſe arrogamment, le Cenſeur reſpectable des anciens & des modernes. On expoſe cet Ecriteau.

Quel le Scene ! quelle Scene !
Un Romain oſe inſulter
Le Mignon de Melpomene,
Quelle Scene ! quelle Scene !

Les Troyens chaſſent le Romain & le Poëte, & l'embarquement s'acheve.

FIN.

APPROBATION.

J'Ay lû par ordre de Monsieur le Lieutenant General de Police un Manuscrit, qui a pour titre : *Arlequin Enée ou la prise de Troyes*, dont on peut permettre l'impression. A Paris ce 7. Juillet 1711.

PASSART.

PERMISSION.

VEu l'Approbation du sieur Passart. Permis d'imprimer ce 8. Juillet 1711.
M. R. DEVOYER D'ARGENSON.

www.ingramcontent.com/pod-product-compliance
Ingram Content Group UK Ltd.
Pitfield, Milton Keynes, MK11 3LW, UK
UKHW012311240726
13966UKWH00005B/1791